LA FAMILLE DE LA VEUVE,

PAR

AMAND GUÉRIN.

Qui habet duas tunicas det non habenti,
et qui habet escas similiter faciat.
Ev. S. Luc, cap. III.

PRIX : UN FRANC.

RENNES,

Mlle FROUT, Libraire,   VERDIER, Libraire,
Rue Lafayette.   Rue de la Motte – Fablet.

— 1844. —

LA FAMILLE DE LA VEUVE,

PAR

AMAND GUÉRIN.

RENNES,

Mlle FROUT, Libraire, Rue Lafayette. | VERDIER, Libraire, Rue de la Motte-Fablet.

1844

QUIMPER, typ. de E. BLOT, fils.

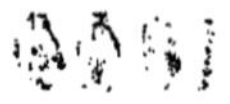

A S. A. R.

Mme LA DUCHESSE

D'ORLÉANS.

— Les pauvres et les fous sont les amis du bon Dieu.

SALAUN AR FOLL.

— Ne refuse point secours au mendiant, mais ne borne point
là tes aumônes : il en est une grande et bien entendue, c'est
celle qui procure au pauvre de plus honnêtes moyens de vivre
que la mendicité.

SILVIO PELLICO (Les Devoirs des Hommes).

LA FAMILLE DE LA VEUVE.

ÉPISODE.

(Un galetas solitaire et nu dans une maison d'un fétide faubourg;
une nuit de Décembre).

Scène 1.

LA MÈRE, *seule.*

Elle a quitté son travail et elle fait quelques pas dans la chambre, le
corps fatigué, la pensée inquiète. De fréquents soupirs inter-
rompent son monologue et elle s'approche parfois de la croisée
sans rideaux pour contempler tristement le spectacle du ciel et de
la nuit qui tombe sur la terre.

Encore un jour de moins ! La nuit vient triste et sombre....
Point d'étoiles au ciel, solennelles, sans nombre
Comme l'été les sème et qu'on aime à les voir,
Feux allumés par Dieu qui nous disent : espoir!
Non! Dans la rue, au loin, des voitures hâtées
On voit seules briller les torches agitées.
Le riche passe, il court, il annonce à grand bruit
Que le jour nait pour lui qui du jour fit la nuit.

Ah ! ce ne sont point là les plaisirs que j'envie !
Avec mes trois enfants, ces charmes de ma vie,
Je serais toute heureuse, hélas ! Mais le Seigneur
Ne nous a point donné ce facile bonheur,
Le Seigneur nous éprouve ; il veut que sur la terre
Chacun porte le joug de quelque angoisse austère.
Mes pauvres chers enfants, quand ils vont revenir,
Ils ne trouveront rien... que mon cœur pour bénir
Leur calme dévoûment, leur souffrances discrètes !
Les enfants du puissant ont de chaudes retraites :
Nous, notre faible toît sous la neige affaissé
Couvre à peine un réduit par tout feu délaissé.
Quel hiver ! quelle nuit ! Pourtant, ce soir, j'espère
Plus que jamais en Dieu, maintenant leur seul père....
Ah ! Dieu ne voudra pas que ses enfants souffrants,
A leur deuil sans motif, à leur maux déchirants
Ne puissent voir un terme ! Une épreuve sacrée
Laisse le corps meurtri, mais non l'âme ulcérée
Non ! j'en reçois l'espoir de ce saint crucifix !
O Vierge, n'est-ce pas, quand votre divin fils
Priait Dieu d'éloigner le trop amer calice,
Lepère tout-puissant que touchait son supplice,
Ne crut pas que l'exemple en fût moins solennel ?
La clémence est au pied de son trône éternel !
Aussi j'espère en Dieu ! Pauvre et débile femme
Que jamais jusqu'ici nul n'a nommée infâme,
J'espère qu'un rayon dissipant le malheur
Va venir éclairer notre sombre douleur....
Mais, chut ! je les entends... Leur démarche est plus vive !
Mon cœur palpite ainsi quand un bonheur m'arrive !
Mes bien-aimés, enfin !

Scène 2.

LES ENFANTS, *se précipitant dans la chambre et se jetant
dans les bras de leur mère.*

Mère ! Mère !

LE FILS.

                    Le ciel
Est bien triste, ce soir, et le froid bien cruel,
O ma mère ! Pourquoi dans cette morne chambre

N'avoir pas un brasier? On le souffre en décembre.
O ma mère, veillez sur vos jours précieux!
Vous augmentez nos soins inquiets, car vos yeux
Sont humides toujours, toujours, ce soir encore....

LES DEUX JEUNES FILLES, *ensemble.*

O ma mère, pourquoi ce chagrin qui dévore
Votre santé si frêle?

LA MÈRE.

Enfants, j'aurais voulu
Vous recevoir, oh! oui, d'un cœur mieux résolu
A porter dignement nos pénibles épreuves;
Mais je suis faible, hélas! comme le sont les veuves....
Vous êtes les soutiens de mes membres tremblants;
Loin de vous, sans appui, mes pieds sont chancelants :
Le courage me manque. Au coin de cette place,
Je me suis néanmoins (car ici tout est glace!)
Trainée à demander quelque bois, quelque feu....
On m'a dit : — « Sans argent, il n'est ni feu ni lieu. »

LES JEUNES FILLES.

Ah!

LA MÈRE.

Je suis revenue en murmurant : — que n'ai-je
Au moins entre mes bras mes enfants que la neige
Poursuit par tous chemins quand, pour me secourir,
Leur liberté, leur vie, ils s'en vont tout offrir!
Je les plains, et non moi. Vous entrez dans la vie
Bien pauvres, mes enfants, et l'âme inassouvie
De rêves de jeunesse et soupirant souvent
Pour des illusions qui ne seront que vent.
Vous douterez longtemps; et puis votre espérance
Deviendra désespoir, désespoir et souffrance!
Heureux si l'esprit saint, l'esprit consolateur
Sans tarder vous envoie un souffle bienfaiteur,
Qui maintienne au repos votre âme résignée....
Mais plus d'une parole échappée, indignée,
Hélas! viendra peut-être ajouter à vos maux
La fièvre de l'envie et des malheurs nouveaux
Avant que le Seigneur, qui d'en-haut nous regarde,
Soutienne votre cœur, vous prenne sous sa garde,

Et vous fasse sentir que l'homme qui n'a pas
Une main pour l'aider et pour guider ses pas,
Une voix pour calmer sa douleur solitaire,
Est le seul malheureux qui soit sur cette terre !
Oh ! cependant, enfants, que vous êtes unis,
Les biens de Dieu pour vous sont encore infinis.
Souffrir seul, c'est la mort. Quand le retour approche,
Quand de l'*Ave* du soir tinte la douce cloche,
Ma douleur disparait, je dis : je vais revoir
Mes enfants, — soyons prête à les bien recevoir.

LE FILS.

Mère, nous savons tous combien votre âme est tendre,
Nous en bénissons Dieu ! Mais daignez nous entendre
Une fois, ô ma mère, et pour l'amour de nous
Redressez votre front, soulevez vos genoux
Dans la fange ployés pour fléchir la misère !
Implorez Dieu, ma mère, et prenez le rosaire :
Mais sous un mal poignant, haletante, sans voix,
Ne restez plus courbée ainsi que je vous vois !
Le malheur ne vient point du ciel : il vient de l'homme !
Et si de vos chagrins trop pesante est la somme,
Au loin rejetez-la, Dieu vous approuvera !
Combattu par le bien, le mal disparaîtra !
Il ne faut point que l'homme à la probe carrière
Devant tous ses projets rencontre une barrière
Par un méchant posée et qu'il n'ose briser :
Domptons, chassons le mal, loin de l'éterniser
Par une tolérance aveugle en sa faiblesse !
Mère, ne souffrons point que le serpent nous blesse
Sans lui mettre le pied sur la tête, car Dieu
Ainsi l'a commandé : que sa règle en tout lieu
Soit suivie, et par tous, avec force et courage !
Dieu le veut, et chacun doit son bras à l'ouvrage !

LA MÈRE.

Quel ouvrage, mon fils ? Je ne te comprends pas.

LE FILS, *d'un ton solennel et exalté.*

Sur le pavé fangeux où sont tracés tes pas,

Mère faible et craintive, as-tu vu la duchesse
Dans un coupé soyeux étaler sa richesse,
Ses roses, ses parfums, sa brillante santé?
Toujours pour toi l'hiver, et pour elle l'été !
Pourquoi, mère? Pourquoi tes pauvres mains glacées
Souffrent-elles le vent, violettes, gercées?
Pourquoi voit-on courir les terribles frissons
Sur ton épaule nue? Et pourquoi les moissons
Nous font-elles défaut tandis que l'opulence
Les foule sous ses pieds? Dans un sombre silence,
Je me suis demandé si le tissu de fil
Qui me cache prouvait que ton fils d'un sang vil
Eut tiré sa naissance, ô mère? Une voix grave
M'a dit : — Le maître vit, et toujours vit l'esclave.
Le plaisir est chez lui, la douleur est chez toi,
Car jadis le méchant que la force fit roi,
Fort et méchant toujours, veut que roi son fils naisse.
Lazare pour du pain lui vendit son aînesse,
Et lui depuis s'écrie : « A moi l'autorité !
J'ai le droit maintenant; qu'il soit déshérité
Quiconque ne veut pas fléchir sous ma puissance! »
Nemrod fit la conquête, et, maîtres de naissance,
Ses fils tiennent pour serf le sot bétail humain
Qui tiendrait, s'il voulait, tous leurs droits dans sa main...
Mère, ô mère, crois-tu que ce monde sans âme
Puisse mener longtemps son despotisme infâme?
Penses-tu que la nuit de notre vil séjour
N'y fera jamais place à la splendeur du jour?
Le soleil est pour tous et pour tous est la vie !
Quand au banquet humain le Seigneur nous convie,
Le riche a-t-il le droit de nous en repousser?
Nous avons vu souvent son glaive s'émousser
A sonder la poitrine et le cœur de nos frères....
A notre tour ! Le temps nous fit des vœux contraires :
Ceux que Dieu nous donna, pauvres, soutenons-les !
Que la cabane vive à côté du palais!
Sur de faibles moissons que le ciel vivifie,
Quand un arbre orgueilleux s'élève, s'amplifie,
Les privant de soleil et les faisant périr :
Le mal vu, que fait-on, frères, pour le guérir?
On coupe l'arbre, et non les blés qui nous font vivre.
Faisons ainsi.

LA MÈRE.

Mon fils, ô mon fils, dans quel livre
As-tu pris ces propos? J'en frissonne d'effroi!
Quoi! tous ces fous projets parce que j'avais froid?
Tu ne fais que de naître et d'entrer dans ce monde,
Et déjà sous tes yeux toute chose est immonde?
Et déjà tu te plains comme si le malheur
Avait livré ta vie à l'atroce douleur?
Comme si d'un forfait l'exécuteur complice
Allait traîner sanglants tes membres au supplice?
Et ta bouche aussitôt attaquant les puissants,
Leur impute le mal, faible mal que tu sens
Pour la première fois!... Tu tonnes, tu menaces!
Attends, mon fils, attends : ces bouillantes audaces
Sous un mal plus réel, hélas! se calmeront...
Ne lève pas trop haut un trop superbe front,
De peur qu'en retombant il ne se brise à terre!
Ah! sans nous effrayer d'avance à l'air austère
Dont le sombre malheur vient nous serrer la main :
Recevons-le ce soir, il partira demain.
Nous avons vu des jours plus heureux; notre joie
A fait place au chagrin que le ciel nous envoie.
Ainsi pour tous; ainsi pour les triomphateurs
Qu'accuse ta colère en ses folles hauteurs.
Aux pieds du large chêne ou du hêtre superbe,
Dieu laisse végéter l'innoffensif brin d'herbe ;
L'arbre même l'abrite et le défend souvent,
Mais pour grandir il faut que l'herbe ploie au vent
Sa tige que romprait autrement la tempête...
A l'orage du mal ployons aussi la tête,
Pauvre herbe résignée, et laissons-le passer
Sans le vouloir, hélas! vainement repousser.
Si l'orage est trop fort, si le mal nous accable,
Elevons notre voix, notre voix lamentable
Vers l'arbre protecteur, et l'un de ses rameaux
S'abaissera vers nous et couvrira nos maux.
Oui, mon fils : si le riche a les biens de la vie,
De les répandre aussi sa belle âme est ravie.
Pour sa grande famille il a les malheureux :
Qu'avec un noble orgueil il doit veiller sur eux!

LE FILS.

Mère, j'ai vu l'enfant et son père au front chauve
S'en aller dans les bois, comme la bête fauve,
Chercher contre leur faim le pain que Dieu fournit
Aux êtres plus heureux dont la couche est un nid.
Le riche est survenu qui leur a dit : « La terre
N'est point au vagabond, mais au propriétaire :
Sortez d'ici, méchants, et remerciez-moi,
Car mon fusil est sûr et le code est ma loi ! »

LA MÈRE.

Et moi, mon fils, j'ai vu des anges charitables
Se glisser doucement près des lits misérables
Où la mère gémit, où s'étiole l'enfant,
Verser sur la blessure un baume réchauffant
De célestes parfums, de paroles plus douces
Que le souffle qui passe en effleurant les mousses ;
Et toujours, au départ de ces anges voilés,
Restaient des flots d'aumône et des cœurs consolés...
J'en ai vus, d'une main tremblant d'être connue,
Jeter leur vêtement sur une épaule nue...
D'autres attendre une heure, à la neige, à la nuit,
L'aveugle qui regagne en tremblant son réduit...
D'autres, au sein du bal, comme en la parabole,
Bonnes sœurs, recueillir de chacun son obole
Pour redonner la vie à l'indigent honteux...
Mon fils, avant de dire aussitôt : « Ce sont eux »
Quand tu vois quelque mal, songe à notre nature :
Fort est le Créateur, faible est la créature !
Tout riche de vertus ne s'est pas enrichi,
Et plus d'un, sous son or, quelquefois a fléchi...
Mais, lorsque tu verras une troupe gentille
D'enfants près de l'autel, chaste et tendre famille,
S'avancer humblement et tomber à genoux,
Ecoute, ils te diront : « Elles ont soin de nous ! »
Qui donne les leçons, les habits ? ce sont elles,
Les duchesses au front brillant sous les dentelles !

LES JEUNES FILLES, *ensemble.*

Nous étions de ce nombre, au mois de mai dernier !

LA MÈRE.

Cette aumône, mon fils, vaut celle d'un denier.

LE FILS, *s'exaltant de plus en plus.*

L'exception est bonne, et la règle est mauvaise.
Mère, point de travail, point de pain, tout me pèse !
Ce monde, je l'accorde, a parfois des vertus :
Qu'il vienne ranimer mes esprits abattus !
Je souffre, non pour moi, mais pour vous, ô ma mère !
La boisson devient fade à force d'être amère,
Et je ne sais en moi quel besoin de changer
Fermente, et me tourmente... il me faut du danger !
Si l'orage détruit la feuille jaune ou verte,
Qu'importe qu'un fiévreux dans une fosse ouverte
Se jette tout vivant ? Qu'importe que la mort
Me prenne jeune ou vieux, si je suis sans remord ?
Mon père est dans le ciel : la mort est un passage
Que le lâche redoute et qu'affronte le sage !

(Il tombe épuisé et tremblant de tous ses membres
sur un mauvais siège.)

LA MÈRE, *avec terreur.*

Mon fils ! mon fils ! mon fils !

LA FILLE AÎNÉE.

Depuis un jour ainsi,
Mon frère est oppressé de ce cruel souci.
Hier soir, renvoyé par un patron avare ;
— « Maintenant, disait-il, l'avenir se prépare,
Et le sort de demain sera notre destin ! »
Nous n'avons rien trouvé, rien, depuis ce matin...
Comme nous revenions, lui de plus en plus triste,
Tout-à-coup dans la rue un cri « Que Dieu m'assiste ! »
Part de devant un char qui vole en liberté :
Une femme tombait... Mon frère s'est jeté
Sur les freins, sur le cou des chevaux qui l'emportent,
Et, pendant que de loin quelques passants l'exhortent,
Une minute au moins il reste suspendu :

Oh ! j'ai tremblé, mon Dieu, je le croyais perdu !
Il réussit enfin, tire la pauvre femme
Meurtrie, évanouie... Et notre grande dame
Qui s'en allait au bal a repris son essor.
Mon frère en a frémi de rage. Il est encor
Bien plus sombre depuis. Tour-à-tour cette fièvre
Lui jette l'ironie et l'injure à la lèvre.

LE FILS, dans un accès de délire, les yeux
étincelants et égarés.

Ma mère, n'est-ce pas que l'avenir est beau ?
De loin on dirait voir le marbre d'un tombeau,
Où se lit : Espérez ! entre trois larmes blanches...
Les oiseaux sont joyeux ; ils dansent sur les branches.
Pourquoi ces enfants nus s'en vont-ils en pleurant ?

LA MÈRE, avec effusion et sanglots.

O mon Dieu, ce spectacle est le plus déchirant !
C'en est trop, c'en est trop ! Laissez couler mes larmes
C'en est trop, ô mon Dieu !

LA FILLE AÎNÉE.

           Modérez vos alarmes,
O ma mère ! Demain, mon frère bien-aimé,
En voyant le soleil se sentira calmé.
Donnons à Dieu nos pleurs : quelle que soit l'offrande,
Toujours pour elle au ciel la récompense est grande.

LA MÈRE.

Oui, ma fille ; un nuage obscurcit sa raison.
Disons pour lui, disons une sainte oraison !
Oublions notre corps, enveloppe charnelle !
Quand l'esprit n'attend plus que la vie éternelle,
Il s'élève vers Dieu, de soins débarrassé,
Et ne regrette point les rêves du passé.
Souffle divin et fort qui ravive la flamme,
La prière rendra le courage à notre âme.
Demandons au Très-Haut l'union, la douceur
Que la sœur doit au frère et le frère à la sœur.

Demandons, demandons un bien moins misérable
Que des trésors d'un jour : la paix inaltérable.
Tandis que je vous vois, je suis heureuse encor...
A genoux, mes enfants ! Dans ce noir corridor,
Peut-être la fortune attend à notre porte,
Et nous dira demain : « Que personne ne sorte :
Voici des vêtements, du pain pour deux hivers ! »
Mes enfants, croyez-le, si le riche est pervers,
Egoïste... souvent aussi sa main puissante
Ramène au pauvre toit l'espoir, la vie absente.
Espérons !...

LE **FILS**, *sortant tout-à-coup d'un assoupissement
momentané.*

Un huissier vient nous congédier :
Vagabonds, vagabonds, allez tous mendier !

(Une nouvelle crise passagère le saisit : sa mère
et ses sœurs l'entourent ; elles restent auprès
de lui à genoux et priant. Scène de souffrance et de résignation.)

FIN.

ENVOI.

—

Quand la douleur afflige l'âme
De ce deuil solennel que nul n'ose troubler,
L'œil, à travers ses pleurs, cherche une sainte flamme,
Flamme qui puisse consoler.

Elle est au ciel : c'est l'Espérance,
Qui jette sur la plaie un rayon caressant,
Qui ranime le cœur, qui voile la souffrance,
Qui dit : — Le bonheur n'est qu'absent!

Elle est sur terre : c'est l'amie
De ceux que vers le sol courbe la pauvreté;
L'âme qui la reçoit est soudain raffermie,
C'est l'ineffable Charité!

Croyez! Pour la vie éternelle
Dieu ne sépare point ceux qu'il avait unis.
Espérez! Un bon ange abrite sous son aile
Deux enfants par le ciel bénis.

Espérez! L'avenir se dore.
Dieu se lasse de voir ses plus aimés souffrir....,
Couvrez de vos bienfaits, — c'est ainsi qu'on l'adore, —
Les maux qui se peuvent guérir!

L'âme souffrante sympathise
Avec l'âme qui souffre, et les larmes sont sœurs....
Ah! qu'aucun malheureux dans la fièvre ne dise :
— « Nos maîtres sont nos oppresseurs! »

Donnez! L'aumône, c'est la joie
Que l'on sème et moissonne au champ des indigents.
Le riche doit aimer ce cri qu'on lui renvoie :
— « Il est le Dieu des pauvres gens! »

Rennes, 23 Septembre 1843.